TABLEAUX ANCIENS

ET MODERNES

DESSINS, GRAVURES, PASTEL

PARIS, LE 12 JUIN 1914

CATALOGUE

DES

Tableaux Anciens

ET MODERNES

Par :

A. VAN BEYEREN, F.-J. CASANOVA, A. CHINTREUIL, J. VAN HUGHTENBURGH

A. KIERINGS, J. DE LACROIX, LAGRENÉE

F.-A. VAN DER MEULEN, F.-A. MEYER, A. PALAMÈDES

SAINT-NON, G. SAVOLDO, P. SNAYERS, J. SWEBACH, H. TARAVAL

VERBRUGGEN, J. VICTOORS, G. VAN VITELLI, ETC.

DESSINS, GRAVURES, PASTEL

Dont la Vente aura lieu à Paris

HOTEL DROUOT, SALLE N° 6

LE VENDREDI 12 JUIN 1914

A DEUX HEURES

COMMISSAIRE-PRISEUR	EXPERT
Mᵉ HENRI BAUDOIN	**M. JULES FÉRAL**
10, rue de la Grange-Batelière	7, rue Saint-Georges

EXPOSITION PUBLIQUE

Le Jeudi 11 Juin 1914, de deux heures à six heures

CONDITIONS DE LA VENTE

Elle sera faite au comptant.

Les adjudicataires paieront *dix pour cent* en sus des enchères.

Paris. — Imp. de l'Art, Ch. Berger, 41, rue de la Victoire.

DESSINS, GRAVURES
ET PASTEL

BOUCHER
(École de FRANÇOIS)

1 — *Composition mythologique.*

Dessin au crayon noir et à l'estompe re-
haussée de sanguine.

Haut., 30 cent.; larg., 24 cent.

ÉCOLE FRANÇAISE

2 — *Portrait de Femme assise.*
Pastel.

Haut., 55 cent.; larg., 43 cent.

KAUFFMANN
(D'après ANGELICA)

3 — *Cleopatra and Meleagar.*

4 — *Cornelia mother of the Gracchi.*

Deux gravures au pointillé, par F. BAR-
TOLOZZI et RUHOT.

GOYA Y LUCIENTES
(FRANCISCO JOSÉ DE)

5 — *Les Caprices.*

Suite de 80 planches, reliées en veau marbré et doré.

GUARDI
(Attribués à GIACOMO)

6 — *Vue de San Giovanni e Paolo.*

7 — *Vue de San Giorgio Maggiore.*
Dessins.

PILLEMENT
(JEAN)

8-9 — *Pêcheurs dans les rochers.*
Deux dessins au crayon noir.

10 — Trois gravures :

A. *A fruit market.*

D'après SNYDERS, par RICHARD EAR-LOMS.

B. *Ruines.*

Deux pendants, d'après PANINI.

TABLEAUX MODERNES

CHINTREUIL
(ANTOINE)

11 — *La Petite Bergère.*

Signé, en bas, à droite.

Toile. Haut., 26 cent.; larg., 40 cent.

DAVID
(École de LOUIS)

12 — *Portrait de Femme.*

A mi-corps, les cheveux bouclés, corsage rouge décolleté.

Toile. Haut., 55 cent.; larg., 45 cent.

DEVÉRIA
(Attribué à EUGÈNE)

13 — *Jeune Homme en buste.*

Toile. Haut., 32 cent.; larg., 35 cent.

ÉCOLE MODERNE

14 — *Paysage avec tombereau sur une route.*

Toile. Haut., 42 cent.; larg., 30 cent.

GONZALEZ Y GARCIA
(ISIDORO)

15 — *La Corrida.*

Bois. Haut., 32 cent.; larg., 54 cent.

HERPIN
(LÉON-PIERRE)

16 — *Vue de Mortain.*

Toile. Haut., 65 cent.; larg., 53 cent.

LUCAS
(Attribué à EUGENIO)

17 — *Espagnols au balcon.*

Toile. Haut., 58 cent.; larg., 47 cent.

Cadre en bois sculpté.

LUCAS
(Attribué à EUGENIO)

18 — *Les Buveurs.*

Zinc. Haut., 41 cent.; larg., 30 cent.

TABLEAUX ANCIENS

BEYEREN
(ABRAHAM HENDRICKSZ VAN)

19 — *Poissons sur une plage.*

Toile. Haut., 1 m. 18 cent.; larg., 1 m. 76 cent.

BOILLY
(Attribué à L.-L.)

20 — *Portrait de Désaugiers.*

Toile. Haut., 31 cent.; larg., 24 cent.

BREENBERG
(Attribué à BARTHOLOMEUS)

21 — *Paysage avec ruines et figures.*

Bois. Haut., 24 cent.; larg., 34 cent.

BRIL
(Attribué à PAUL)

22 — *Paysage avec figures sur une route.*

Bois. Haut., 15 cent.; larg., 22 cent.

Cadre en bois sculpté.

CARRACHE

(École des)

23 — *Bacchus et Ariane.*

Toile. Haut., 29 cent.; larg., 34 cent.

Cadre en bois sculpté.

CASANOVA

(FRANÇOIS-JOSEPH)

24 — *Halte de cavaliers.*

Toile. Haut., 81 cent.; larg., 1 mètre.

CASANOVA

(FRANÇOIS-JOSEPH)

(PENDANT DU SUIVANT)

25 — *Convoi d'armée.*

Toile. Haut., 63 cent.; larg., 80 cent.

CASANOVA

(FRANÇOIS-JOSEPH)

(PENDANT DU PRÉCÉDENT)

26 — *Le Muletier.*

Toile. Haut., 63 cent.; larg., 80 cent.

COQUES
(GONZALÈS)

27 — *Jeune Femme assise dans un paysage.*

> Assise sur un tertre, les cheveux blonds bouclés, un collier de perles autour du cou ; elle est vêtue d'une robe décolletée et tient étendu sur ses genoux un voile de gaze noire.

> Toile. Haut., 32 cent.; larg., 26 cent.

Cadre en bois sculpté.

COYPEL
(D'après CHARLES-ANTOINE)

28 — *Renaud et Armide.*

> Toile. Haut., 80 cent.; larg., 65 cent.

DEELEN
(Attribué à DIRK VAN)

29 — *Composition allégorique.*

> Bois. Haut., 55 cent.; larg., 70 cent.

DESPORTES
(Attribués à ALEXANDRE-FRANÇOIS)
(DEUX PENDANTS)

30 — *Portrait d'un Chasseur, accompagné de ses chiens.*

31 — *Portrait de Femme en Diane.*

Toiles. Haut., 1 m. 35 cent.; larg., 1 m. 03 cent.

Cadres en bois sculpté.

DUNKER
(BALTHAZAR-ANTOINE)

32 — *Portraits d'une Dame et de ses Filles.*

Représentées dans un parc.

Toile. Haut., 1 m. 30 cent.; larg., 1 m. 58 cent.

ÉCOLE ALLEMANDE
(XVIᵉ siècle)

33 — *Moïse recevant du Seigneur les Tables de la Loi.*

350

Bois. Haut., 1 m. 13 cent.; larg., 70 cent.

ÉCOLE ALLEMANDE

(xviiiᵉ siècle)

34 — *Portrait d'un Prince.*

200

Toile. Haut., 1 m. 09 cent.; larg., 78 cent.

ÉCOLE ESPAGNOLE

(xviᵉ siècle)

35 — *Le Christ en croix.*

Bois. Haut., 22 cent.; larg., 18 cent.

ÉCOLE ESPAGNOLE

(xviiiᵉ siècle)

36 — *La Vision d'un saint.*

Toile. Haut., 71 cent.; larg., 95 cent.

ÉCOLE DE BRUGES

(xvᵉ siècle)

37 — *La Vierge et l'Enfant.*

850

Fond doré, à décor de feuillage.

Bois. Haut., 44 cent.; larg., 30 cent.

ÉCOLE FLAMANDE
(xvi° siècle)

38 — *La Vierge et le Christ déposé de la croix.*

Bois. Haut., 64 cent.; larg., 48 cent.

ÉCOLE FLAMANDE
(xvi° siècle)

39 — *Saint Jérôme.*

Bois. Haut., 37 cent.; larg., 15 cent.

250 Encadrement mouluré et doré, sculpté dans la partie supérieure.

ÉCOLE FLAMANDE
(xvii° siècle)

40 — *Portrait d'une Dame en robe blanche.*

Toile. Haut., 1 m. 61 cent.; larg., 1 m. 15 cent.

ÉCOLE FLAMANDE
(xvii° siècle)

41 — *Les Enfants au nid d'oiseaux.*

Bois. Haut., 75 cent.; larg., 62 cent.

Cadre en bois sculpté.

ÉCOLE FLAMANDE

(xvii° siècle)

42 — *Saint Jérôme.*

Bois. Haut., 91 cent.; larg., 1 m. 22 cent.

ÉCOLE FLAMANDE

(xvii° siècle)

43 — *La Vierge, l'Enfant Jésus, sainte Catherine et sainte Barbe.*

Triptyque.

Bois. Haut., 58 cent.; larg., 94 cent.

ÉCOLE FLAMANDE

(xvii° siècle)

44 — *Saint Jérôme en méditation.*

Toile. Haut., 52 cent.; larg., 62 cent.

ÉCOLE FLAMANDE

45 — *Un Pontife bénissant.*

Bois. Haut., 50 cent.; larg., 35 cent.

ÉCOLE FRANÇAISE
(xvii° siècle)

46 — *Portrait d'un Officier en cuirasse.*

Toile. Haut., 1 mètre ; larg., 94 cent.

ÉCOLE FRANÇAISE
(Fin du xvii° siècle)

47 — *Portrait d'Homme en habit rouge.*

Toile de forme ovale. Haut., 71 cent. ; larg., 57 cent.

Cadre en bois sculpté.

ÉCOLE FRANÇAISE
(xviii° siècle)

48 — *Portrait de Femme coiffée d'un voile rose.*

Toile. Haut., 81 cent.; larg., 63 cent.

Cadre en bois sculpté.

ÉCOLE FRANÇAISE
(xviii° siècle)

49 — *Danaé.*

Composition inspirée du Titien.

Toile. Haut., 1 m. 20 cent.; larg., 1 m. 70 cent.

ÉCOLE HOLLANDAISE
(XVIIᵉ siècle)

50 — *L'Arrivée au Palais.*

> Toile. Haut., 63 cent.; larg., 81 cent.

> Cadre en bois sculpté.

850

ÉCOLE HOLLANDAISE
(XVIIIᵉ siècle)

51 — *La Visite au marchand de cadres.*

> Toile. Haut., 1 m. 35 cent.; larg., 95 cent.

750

ÉCOLE NÉERLANDAISE
(XVIᵉ siècle)

52 — *Le Christ succombant sous le poids de la croix.*

> Bois. Haut., 35 cent.; larg., 28 cent.

ÉCOLE DE PISE
(XVᵉ siècle)

53 — *Le Mariage mystique de sainte Catherine.*

> Peinture rehaussée d'or.

> Bois. Haut., 1 m. 23 cent.; larg., 68 cent.

505

ÉCOLE ITALIENNE
(XVIIᵉ siècle)

54 — *Une Musicienne.*

Toile. Haut , 1 m. 12 cent.; larg., 92 cent.

Cadre en bois sculpté.

ÉCOLE ITALIENNE
(XVIIᵉ siècle)

55 — *Vénus et l'Amour.*

Toile. Haut., 44 cent.; larg., 60 cent.

ÉCOLE ITALIENNE
(XVIIᵉ siècle)

56 — *Un Port de pêche.*

Toiles. Haut., 50 cent.; larg., 63 cent.

ÉCOLE ITALIENNE

57 — *La Vierge portant l'Enfant Jésus ; saint Jean-Baptiste et saint Marc.*

Peinture à trois compartiments sur fond d'or.

Bois. Haut. 65 cent.; larg., 70 cent.

FYT
(Attribué à JAN)

58 — *Chien, gibier et accessoires de chasse.*
Toile. Haut., 83 cent.; larg., 1 m. 15 cent.   *4 80*
Cadre en bois sculpté.

GAINSBOROUGH
(Ecole de THOMAS)

59 — *Portrait de Femme coiffée d'un bonnet blanc.*   *160*
Toile. Haut. 89 cent.; larg., 71 cent.

HICKEL
(CARL ANTON)

60 — *Portrait de Femme en haute coiffure poudrée.*
Cuivre. Haut., 13 cent.; larg., 10 cent.
Cadre en bois sculpté.

HUGHTENBURGH
(JEAN VAN)

61 — *Combat de cavaliers.*
Toile. Haut., 39 cent.; larg., 48 cent.

KIERINGS
(ALEXANDRE)

62 — *Paysage avec rochers et cours d'eau.*

Cuivre. Haut., 20 cent.; larg., 27 cent.

LACROIX
(J. DE)
École française XVIIIe siècle

63 — *Monuments dans un port.*

Toile. Haut., 25 cent.; larg., 35 cent.

370

LAGRENÉE
(LOUIS-JEAN-FRANÇOIS)

64 — *Une Source.*

455   Signé et datée : *1765.*

Toile de forme ovale. Haut., 1 m. 16 cent.; larg., 96 cent.

LANCRET
(École de NICOLAS)

65 — *Le Sonneur de trompe.*

Toile. Haut., 90 cent.; larg., 85 cent.

400

LAWRENCE
(Attribué à SIR THOMAS)

66 — *Portrait de Jeune Femme.*

En buste et robe rose décolletée.　　300

Toile. Haut., 58 cent.; larg., 40 cent.

LE BOURGUIGNON
(Attribués à JACQUES COURTOIS, dit)

(DEUX PENDANTS)

67-68 — *Chocs de cavalerie.*　　230

Toiles. Haut., 22 cent.; larg., 64 cent.

LEBRUN
(Genre de Madame VIGÉE)

69 — *Portrait de Femme coiffée d'un turban.*　　260

Toile. Haut., 95 cent.; larg., 75 cent.

Cadre en bois sculpté.

LE FEBVRE
(Genre de CLAUDE)

70 — *Portrait d'Homme en armure avec écharpe blanche.*

Toile. Haut., 74 cent.; larg., 58 cent.

Cadre en bois sculpté.

LE NAIN
(Attribué aux frères)

71 — *Portrait d'une Famille réunie autour d'une table.*   *1380*

Toile. Haut., 88 cent.; larg., 1 m. 14 cent.

MEULEN
(ADAM FRANZ VAN DER)

72 à 76 — *Batailles du Prince Eugène.*   *3100*

Suite de cinq compositions.

Toiles. Haut. 1 m. 12 cent.; larg., 1 m. 80 cent.

MEYER
(FRANZ ANTON-MAIER, ou MEIERLE, ou)
(DEUX PENDANTS)

77 — *Halte de cavaliers.*

78 — *Convoi d'armée.*   *510*

Signés en bas à gauche.

Cuivres. Haut., 45 cent.; larg., 55 cent.

MEYER
(Attribué à Mlle CONSTANCE)

79 — *Jeune Fille en buste, un voile fixé sur ses cheveux blonds.*

Toile. Haut., 53 cent.; larg., 44 cent.

MICHAU
(Attribué à **THÉOBALD**)
(PENDANT DU SUIVANT)

80 — *La Visite du colporteur.*

Toile. Haut., 65 cent.; larg., 83 cent.

MICHAU
(Attribué à **THÉOBALD**)
(PENDANT DU PRÉCÉDENT)

81 — *Les Musiciens au cabaret.*

Toile. Haut., 65 cent.; larg., 83 cent.

MICHAU
(Attribués à TH.)
(DEUX PENDANTS)

82-83 — *Fêtes flamandes.*

Bois. Haut., 26 cent.; larg., 41 cent.

MIGNARD
(École de)

84 — *Portrait d'une princesse Mancini.*

Toile. Haut., 1 m. 02 cent.; larg., 80 cent.

Cadre en bois sculpté.

MORONI
(École de GIOVANNI BATTISTA)

85 — *Portrait d'un Chevalier de Malte.*

Toile. Haut., 1 m. 02 cent.; larg., 82 cent.
Cadre en bois sculpté.

300

NEER
(Attribué à AERT VAN DER)

86 — *Une Rivière en Hollande, effet de clair de lune.*

Bois. Haut., 44 cent.; larg., 48 cent.

190

NETSCHER
(Attribué à GASPAR)

87 — *Portrait de Femme en robe rouge et manteau bleu.*

Bois. Haut., 39 cent.; larg., 32 cent.

OUDRY
(École de JEAN-BAPTISTE)

88 — *Poissons et oiseaux aquatiques.*

Toile. Haut., 70 cent.; larg., 89 cent.

350

OUDRY
(École de JEAN-BAPTISTE)

89 — *Chien et cane sauvage.*

Toile. Haut., 98 cent.; larg., 89 cent.

PALAMÈDES
(ANTHONIE)

90 — *Portrait d'Homme assis devant une table.*

Signé et daté : *1667*.

Toile. Haut., 98 cent.; larg., 81 cent.

RICCI
(Attribué à SÉBASTIANO)

91 — *Triomphe d'un empereur romain.*

Toile. Haut., 81 cent.; larg., 1 mètre.

Cadre en bois sculpté.

RICCI
(Attribués à SÉBASTIANO)
(DEUX PENDANTS)

92-93 — *Sujets d'histoire.*

Toiles. Haut., 51 cent.; larg., 42 cent.

RIGAUD
(École de HYACINTHE)
(DEUX PENDANTS)

94 — *Portrait de Femme en corsage bleu.*

95 — *Portrait d'Homme en armure.*

Toiles de forme ovale. Haut., 80 cent.; larg., 63 cent.

Cadres en bois sculpté.

RIGAUD

(École de HYACINTHE)

96 — *Portrait d'Homme en armure.*

Toile. Haut., 80 cent. ; larg., 65 cent.

Cadre en bois sculpté.

RIGAUD

(École de HYACINTHE)

97 — *Portrait d'un Officier en armure.*

Toile. Haut., 1 m. 02 cent. ; larg., 80 cent.

Cadre en bois sculpté.

RUBENS

(École de PIERRE-PAUL)

(DEUX PENDANTS)

98-99 — *Amours portant des guirlandes de feuillage.*

Bois. Haut., 70 cent.; larg., 87 cent.

SAINT NON

(JEAN-CLAUDE, ABBÉ DE)

100 — *La Cascade.*

Signé et daté : 1777.

Toile. Haut., 73 cent.; larg., 59 cent.

SAVOLDO
(GIROLAMO)

101 — *Gaston de Foix.* 300

Signé, en haut et à gauche, du monogramme.

Toile. Haut., 94 cent.; larg., 1 m. 25 **cent.**

SNAYERS
(PETER)

102 — *Combat de cavaliers contre une troupe d'infanterie.* 215

Toile. Haut., 58 cent.; larg., 85 cent.

SNAYERS
(PETER)

103 — *Intérieur de corps de garde.* 252

Toile. Haut., 63 cent.; larg., 1 m. 03 **cent.**

SWEBACH
(JACQUES)
(DEUX PENDANTS)

104 — *Le Départ pour la promenade.*

105 — *La Rencontre sur le pont.* 1080

Signés et datés : 1822.

Toiles. Haut., 20 cent.; larg., 32 **cent.**

TARAVAL
(HUGUES)

106 — *Une Bacchante.*

Toile. Haut., 88 cent.; larg., 1 m. 15 cent.

Cadre en bois sculpté.

400

TAUNAY
(Attribué à NICOLAS)

107 — *La Prise de la Bastille.*

Toile. Haut., 59 cent.; larg., 73 cent.

680

TENIERS
(Attribué à DAVID)

108 — *La Boucherie.*

Un bœuf éventré est suspendu dans un intérieur. Une jeune femme, penchée sur un billot, tient un couteau de la main droite. Au second plan, plusieurs personnages s'entretiennent devant une cheminée, un homme est vu de dos dans l'embrasure d'une porte.

En bas, à droite, le monogramme de David Teniers.

Toile. Haut., 72 cent.; larg., 1 m. 05 cent.

Cadre en bois sculpté.

450

TENIERS
(École de DAVID)

109 — *L'Alchimiste.*

Bois. Haut., 40 cent.; larg., 52 cent.

VAN LOO
(Attribué à CARLE)

110 — *Portrait d'un Maréchal de France.*

Toile de forme ovale. Haut., 1 m. 20 cent.; larg., 88 cent.

Cadre en bois sculpté.

VERBRUGGEN
(GASPARD-PIERRE)
(PENDANT DU SUIVANT)

111 — *Singe, fleurs et fruits.*

Toile. Haut., 1 mètre; larg., 1 m. 16 cent.

VERBRUGGEN
(G.-P.)
(PENDANT DU PRÉCÉDENT)

**112 — *Vase de fleurs, perroquet et écu-
reuil.***

Toile. Haut., 1 mètre; larg., 1 m. 16 cent.

VERNET
(École de JOSEPH)

113 à 116 — *Suite de quatre paysages maritimes avec bateaux et pêcheurs.*

Toiles. Haut., 61 cent.; larg., 81 cent.

VERNET
(D'après JOSEPH)

117 — *Scène de débarquement.*

Toile. Haut., 89 cent.; larg., 1 m. 23 cent.

VICTOORS
(JAN)

118 — *Le Chirurgien de village.*

Toile. Haut., 83 cent.; larg., 1 m. 05 cent.

VITELLI
(GASPARD VAN)
(PENDANT DU SUIVANT)

119 — *Saint-Pierre de Rome et le Vatican.*

Signé du monogramme, à droite.

Toile. Haut., 43 cent.; larg., 73 cent.

VITELLI
(GASPARD VAN)
(PENDANT DU PRÉCÉDENT)

120 — *Le Colisée.*

Signé du monogramme, à droite.

Toile. Haut., 43 cent.; larg., 73 cent.

WATTEAU
(Ecole d'ANTOINE)

121 — *Scène champêtre.*

Toile. Haut., 24 cent.; larg., 32 cent.

122 — Tableaux omis.